쓰는 기쁨

릴케 시 필사집

장미여, 오 순수한
모순이여

쓰는 기쁨

릴케
시 필사집

장미여, 오 순수한 모순이여

라이너 마리아 릴케 · 배명자 옮김

나무생각

내 마음에 무수한 삶이 솟구치네
─릴케의 서정시집에 바침

100년이란 시간의 저편에서 한 시인이 옛 성에서 시를 쓴다. 라이너 마리아 릴케(1875~1926)는 두이노라는 독일의 옛 성에 칩거한 채 11년 만에 세계문학 사상 가장 위대한 연작시 《두이노의 비가》를 완성한다. 릴케는 1875년 12월 4일 오스트리아 제국의 영토이던 체코 프라하에서 태어난다. 아버지는 군인 출신의 철도 공무원이고, 어머니는 오스트리아 참의회 의원의 딸로 명망이 높은 가문 출신이다. 9세 때 부모가 이혼하자 편모슬하에서 성장하는 동안 릴케는 어머니의 이상한 집착과 과잉보호로 기이한 고독을 겪는다.

11세 때 육군유년학교에 들어가지만 여리고 예민한 소년 릴케에게 엄격한 규율 생활은 숨이 막혔다. 어린 영혼에 절망의 낙인을 찍는 끔찍한 경험을 겪으며 그는 육군고등실업학교를 거쳐 린츠의 상업학교에 들어간다. 하지만 좌절과 불안 속에서 번뇌하다가 1년 반 만에 그만둔다.

청년 시절부터 독일어로 시를 쓴 릴케는 훗날 "인생에 초보자를 위한 수업은 없다. 시작부터 바로 가장 어려운 일을 해내야 하기 때문이다."라고 고백한다. 18세에는 대학 입학 시험을 준비하던 중 사촌 누나의 소개로 만난 발레리 폰 다피트-론펠트라는 소녀와 사랑에 빠진다. 첫사랑은 릴케가 시에 입문하는 계기가 된다. 릴케는 초기의 습작품을 문학 잡지에 투고하면서 이듬해 첫 시집 《삶과 노래》를 자비로 낸다. 20세에는 프라하대학에 입학해 문학사, 예술사, 철학 등을 공부하고, 그해 보헤미아의 민간 설화에서 착상을 얻은 두 번째 시집 《가신에게 바치는 제물》을 펴낸다.

여기 릴케의 짧은 서정시들을 모아놓은 시집이 있다. 인생을 두고 숙고와 관조를 통해 길어 올린 지혜를 보여주는 시편들이다. 이 서정시들은 머리맡에 두고 읽을 만한 가치가 있다. 삶이란 "슬픔으로 가득 찬 감옥"(〈그럼에도 불구하고〉)일까? 인생은 짧고 조악하며 비참으로 뭉친 덩어리에 지나지 않는 걸까? 우리 인생이란 무엇이고, 우리의 낮과 밤이란 무엇인가? 보통 사람들은 이런 질문을 회피한다. 이런 질문에 용감하게 맞선 시인이 바로 라이너 마리아 릴케다. 릴케는 "내가 애정을 쏟은 모든 것들은/ 풍요롭게 나를 마구 쓰고 내버린다"(〈시인〉)라고 노래한다. 시간은 인간의 모든 가능성을 소모시킨 뒤 마침내 죽음이라는 구렁텅이에 빠뜨린다. 제 생명과 의지를 반납하고 죽은 인간이란 알맹이를 잃어버린 껍데기에 지나지 않는다. 그런 까닭에 우리에게 "머무를 작은 자리"조차도 남지 않는다.

릴케의 시를 처음 읽은 건 언제였을까? 오래된 기억이라 그 시기를 확정하기는 어렵다. 스무 살 무렵이라 해도 반세기 전에 릴케의 시를 읽은 셈이다. 릴케의 서정시 몇 편을 읽고 그가 아름다운 서정시를 쓰는 시인이라고 믿었다. 물론 그건 릴케의 시를 깊이 읽지 못하고 피상적으로 읽은 결과다. 20대 후반에 출판사를 창업하고 릴케의 《두이노의 비가/오르페우스에게 바치는 소네트》를 번역해서 출간한 뒤 나는 릴케가 얼마나 위대한 시인인가를 깨달을 수 있었다.
　"내 울부짖은들 천사의 열(列)에서 누가/ 들어주랴/ 들어주랴. 설혹 한 천사가 있어 갑자기/ 나를 가슴에 껴안는다 해도, 그 힘찬 존재 때문에/ 나는 사라지고 말리라. 왜냐하면 아름다움이란/ 우리가 가까스로 견딜 수 있는 무서움의 시작에 불과하므로."(〈두이노의 비가 – 제1비가〉) 〈두이노의 비가〉는 첫 구절부터 드러나는 엄청난 힘에 압도되었다. 아름다움이 우리가 가까스로 견딜 수 있는 무서움의 시작이라니! 시집을 몰입해서 읽는 내내 가슴에 밀려드는 경외감과 벅찬 환희로 몸이 떨릴 지경이었다. "이게 바로 진짜 시다!"라고 외치고 싶었다. 노벨문학상을 받은 시인 파블로 네루다는 "릴케의 시는 내 시적 여정의 나침반이자 스승이었다."라고 고백할 정도다.

릴케는 인간의 창백한 내면에 상수로 남은 고독과 죽음, 사랑과 고통, 존재와 탄식을 관조하며 노래한다. 그건 우리가 살아 있는 동안 겪는 보편 경험일 테다. 릴케는 사물과 그 배후를 통찰하며 인간 존재의 의미를 파헤친다. 이 시집을 읽으며 "바위에 귀 기울이게 하소서/ 바다의 고독을 눈으로 살피게 하소서"(〈광야의 파수꾼〉), "죽고 싶습니다/ 혼자 있고 싶습니다"(〈어느 젊은 수도사의 목소리〉), "우리가 삶의 한복판에 있다고 믿을 때/ 죽음은 우리 가슴 한복판에서/ 느닷없이 울기 시작한다"(〈끝맺음〉), "우리는 무서우리만치 아주 쓸쓸하여/ 서로 의지할 수밖에 없어요"(〈우리는 무서우리만치 아주 쓸쓸하여〉), "봄이 아우성치던 날, 나는 네 뺨에 입을 맞췄고/ 너는 기쁨에 찬 큰 눈으로 나를 빤히 보았지"(《너 아직도 기억하고 있을까》) 같은 구절들을 만날 때면 소스라치게 놀란다. 자연의 하찮은 변화의 기미를 놓치지 않고, 거기에서 삶과 죽음의 본질, 그리고 사랑의 슬픔과 환희를 포착하는 시인의 상상력은 비범해서 감탄할 수밖에 없다. 그것은 마치 잠든 의식을 깨우는 죽비 같다. 그 찰나 우리는 화들짝 놀라 온갖 예감들로 가득 찬 세상과 눈을 맞추며 깨어나는 것이다.

"장미여, 오 순수한 모순이여/ 그 많은 눈꺼풀 아래에서 누구의 잠도 되지 않겠다는 갈망이여"(《장미여, 오 순수한 모순이여》) 릴케가 제 묘비명으로 삼은 이 짧은 서정시는 너무나 많은 시적 전언을 압축한 절창이다. 장미란 삶과 죽음이라는 모순의 명제를 품고 사는 인간 존재의 표상이 아닐까? 이 서정시집에 가장 자주 나오는 것은 죽음의 신호와 그 이미지들이다. 인간이 사는 동안 죽음이 항상 가장 가까이에 존재하는 까닭일 테다. 살아 있는 것은 반드시 죽는다. 이것은 실존의 차갑고 불가결한 조건이다. "하지만 시간은/ 아무 유언도 남기지 않은 채 죽어가요…"(《마리아》) 살아 있는 개체라면 누구도 죽음의 포획에서 벗어날 수 없다. 우리 내면에 불안과 고독이 엄습하는 것도 이 때문이리라. 우리가

죽음이란 실존 조건에서 벗어나 자유를 얻은 수 있는 건 오
직 죽음 이후다. 직관과 상상력이 뛰어난 시인은 우리 주변
에 흩어져 있는 죽음의 자취들을 기어코 찾아내 우리 앞에
데려온다.

죽음의 사자가 문간에 조용히 서 있는 임종의 방처럼
공기가 미적지근합니다
금방이라도 꺼질 듯한 촛불처럼 창백한 햇살이
눅눅한 지붕마다 힘없이 누워 있습니다

빗물은 물받이 통에서 쪼록쪼록 숨을 고르고
까칠한 바람은 나뭇잎 시신들을 검시합니다
잿빛 하늘에서는 작은 구름 떼가
내몰린 도요새 떼처럼 불안스레 흘러갑니다

_〈가을의 정취〉

가을은 조락과 죽음의 계절이다. 〈가을의 정취〉에 나오
는 죽음의 사자, 임종, 힘없이 누운 창백한 햇살, 나뭇잎 시
신들, 구름 떼의 불안한 흐름 따위가 공통으로 가리키는 것

은 죽음의 징후다. 산 자를 데려가려는 죽음의 사자는 문간에 서 있고, 공기는 미적지근하며, 가냘픈 촛불은 금세 꺼질 듯 흔들린다. 바람은 나뭇잎 시신들을 검시하고, 잿빛 하늘에는 구름 떼가 불안스레 흘러간다. 이런 범상한 가을의 정경 속에서 시인은 죽음의 파편과 그 징후를 밝혀 드러낸다. 무서운 직관으로 조각조각 깨어져 흩어진 죽음들을 적시해 내고, 그것이 생명이 품은 미스터리, 신비, 미지 그 자체라는 걸 일러준다.

인간은 지구에 처음 출현한 태초부터 죽음을 향하여 서 있는 존재였다. 그렇다고 죽음이 곧 생명의 종말은 아니다. 꽃은 피었다가 지고, 생명은 태어났다가 죽는다. 이것들은 다시 우주 속에서 순환한다. 릴케는 초목들이 시들고 죽은 듯이 서 있는 겨울을 지나 "꽃이 눈을 뜨고/ 새가 노래하는" 시절이 오면 백합은 "주검을 거름 삼은 단단한 땅을 뚫고서"(〈불꽃 백합〉) 스스로 붉게 솟아오른다고 하였다. 그렇게 생명이 순환하며 드러내는 빛과 아름다움을, 그리고 생명 회귀의 신비와 경이로움을 찬미한다.

인생을 꼭 이해할 필요는 없어요
그냥 두면 축제처럼 될 터이니

모든 날을 그냥 그렇게 두세요
아이가 길을 걸으며
바람이 불 때마다 날아드는 꽃잎을
선물처럼 그냥 두듯이

꽃잎을 모아 간직하는 일 따위
관심 없어요
아이는 제 머리카락에 들어와 붙잡힌 꽃잎
살며시 떼어내 풀어주고
사랑스러운 젊은 시절을 향해
새 꽃잎을 달라 두 손을 내밀어요

_〈인생을 꼭 이해할 필요는 없어요〉

릴케는 우리에게 인생을 꼭 이해할 필요는 없다고 속삭인다. 젊은 시절, 나는 젊음의 오만이 시키는 대로 인생의 모든 걸 속속들이 알고자 했다. 온갖 서책들을 밤새워 읽으며 파고들었지만 그 시도는 번번이 좌절로 끝났다. 뒤늦게 깨달은 진실은, 인생이란 인간이 이해하기에는 너무나 복잡한 것이어서 그 본질을 애써 파헤치려고 들면 골치가 아파진다는 사실이다. 유한한 생명 존재인 인간의 머리로는 아무리 궁구해도 인생이란 불가해한 그 무엇이기 때문이다. 그래서 릴케는 "모든 날을 그냥 그렇게 두세요"라고 가만히 말한다. "바람이 불 때마다 날아드는 꽃잎을/ 선물처럼 그냥 두듯이" 인생을 선물로 받아들이고, 감사함을 느끼며, 그것을 관조하라. 그건 인생을 축제처럼 즐기는 것이 완숙한 태도임을 넌지시 암시한다.

주여, 때가 왔습니다
여름은 참으로 위대했습니다
해시계 위로 그림자 드리우시고
들판엔 바람을 풀어놓아 주소서

마지막 과일에 여물라 명하소서
남쪽의 날을 이틀만 더 베푸시어
과일의 완숙을 재촉하시고
무거운 포도송이에 마지막 단맛이 들게 하소서

집이 없는 사람은 더는 집을 짓지 않습니다
혼자인 사람은 오래도록 혼자일 것이고

깨어나 책을 읽고 긴 편지를 쓸 것이며
낙엽이 흩날리는 날에는
불안스레 가로수 길을 서성일 것입니다

_〈가을날〉

　이 놀라운 시를 언제 읽었던가? 나는 "주여, 때가 왔습니다/ 여름은 참으로 위대했습니다"라는 첫 구절을 얼마나 자주 혼잣말로 읊조리고, 그때마다 얼마나 큰 긍정과 위안을 얻었던가! 릴케의 시 중 가장 널리 읽히는 〈가을날〉은 서정시 중의 서정시라 할 만하다. 자연과 생명을 사랑하고 관조하는 넉넉함이 깃든 시다.
　생명이 번창하는 위대한 여름날이 지나자 천지간에는 죽음과 조락의 계절이 닥친다. 하지만 가을에는 죽음의 쓸쓸함만이 있는 게 아니다. 가을은 처처에 과일들의 성숙과 인격의 원숙을 독려하는 신의 자비와 사랑으로 가득 차 있다. 마침내 남쪽의 따뜻한 날씨를 이틀이나 더 머물게 한 신이 베푼 자비 덕분에 "무거운 포도송이에 마지막 단맛"이 든다. 한편으로 집 없이 떠도는 사람은 현세에 머무는 동안은 그 방황을 끝내지 못하고, 혼자인 사람은 고독이라는 고치에 웅크린 채 지내게 될 테다. 가을이 충만과 텅 빔, 성숙과 조락, 생명의 화사한 절정과 죽음이 품은 고적함이라는 양극화의 경계에 걸쳐진 계절인 까닭이다.

지상에서 생명을 꾸리는 동안 우리는 먹고 사랑하고 기도하며, 다른 한편으로 실존의 불안을 안고 가로수 길을 얼마나 오랫동안 헤맬 것인가! 시간을 되돌릴 수만 있다면 릴케의 이 서정시집을 아직 인생의 원숙과는 멀었던 스무 살의 풋풋한 나에게 선물로 건네주고 싶다.

장석주(시인, 문학평론가)

눈으로 읽고 손으로 쓰고
마음으로 그리다

릴케는 오스트리아 출신으로 20세기 독일어권 문학에서 괴테와 어깨를 나란히 하는 인물이다. 그는 인간 존재의 본질을 사유하고, 감각적이면서도 섬세한 시어를 사용하여 실존과 고독, 사랑, 죽음 그리고 신을 탐구하는 철학적이고 감수성 짙은 시를 주로 썼다. 인간의 내면을 탐색하고, 보이는 세계 너머의 진리를 포착하려 애쓴 시인이다.

그래서였을까? 릴케의 시를 번역하는 일은 사색이면서 기도였고, 상상의 풍경화를 섬세하게 그리는 과정이기도 했다. 릴케는 사물과 존재를 바라보는 깊은 시선을 가졌고 그의 언어는 단순한 묘사를 넘어 철학적 사유로 나아간다. 이런 철학적 깊이를 온전히 전달하기 위해 단순한 직역이 아니라, 그의 리듬과 마음을 상상하며 시어를 다듬었다. 때로는 한 구절을 붙잡고 오래 머물기도 했고, 한 단어를 선

택하는 데에도 많은 고민을 기울였다. 원문이 품고 있는 미묘한 감정과 사유의 결을 그대로 살리려는 과정은 어려움 속에서도 깊은 충만감을 안겨주었다.

그가 바라본 세계를 함께 바라보았고, 그가 사유한 질문들을 함께 곱씹었다. 나의 상상은 때로는 노을이 드리운 들판을 걸었고, 때로는 고요한 방 안에서 사색했다. 그의 시가 보여주는 풍경은 단순한 자연의 모습이 아니라, 인간 내면의 풍경이었기 때문이다. 그의 시풍을 흉내 내어 표현하자면, 나는 단어 하나하나를 물감 고르듯 신중히 골라 언어의 캔버스에 살포시 붓질했다. 시를 읽을 때 눈앞에 펼쳐지는 고요한 풍경과 내면의 울림을 전달하고자 애썼으나, 언제나 그렇듯 시의 번역은 아쉬움이 남을 수밖에 없는 것 같다. 어쩌면 한 글자 한 글자 옮겨 적을 뿐 아니라, 마음에 떠오르는 장면을 그림으로 그린다면, 번역자가 미처 전달하지 못한 릴케의 마음을 느낄지도 모른다. 시란 그런 거니까.

나의 이 작업이 릴케를 사랑하는 이들에게 작은 다리가 되길 바란다. 그의 시를 통해 내면 깊은 곳에서 울리는 어떤 소리를 들을 수 있다면, 그것만으로도 이 작업은 충분히 의미 있는 여정이었으리라. 끝으로, 마지막 작품으로 넣은 아주 짧은 시에 대해 첨언하고 싶다.

장미여, 오 순수한 모순이여
그 많은 눈꺼풀 아래에서 누구의 잠도 되지 않겠다는 갈
망이여

_〈장미여, 오 순수한 모순이여〉

　스위스 라롱에 있는 그의 무덤에서 이 시를 만날 수 있
다. 그는 이 시를 지어 자신의 묘비에 넣어달라고 유언했다.
그래서 릴케가 장미 가시에 찔린 상처 때문에 숨졌다는 소
문이 돌았는지도 모르겠다. 어쨌든 그는 백혈병으로 극심
한 고통과 우울증에 시달리다 스위스의 한 요양원에서 생
을 마감했다. 겹겹의 눈꺼풀에 덮여도 누구의 잠도 되지 않
겠다는 마지막 갈망, 그 순수한 모순은, 세상의 소음 안에서
고독으로 지켜낸 릴케의 삶 자체를 은유하는 것일지도 모
른다. 그러니 이 시만큼은 원어로 알아두면 어떨까?

Rose, oh reiner Widerspruch, Lust,
Niemandes Schlaf zu sein unter so viel Lidern.

배명자

| 차례 |

추천하는 글 004
옮긴이의 글 015

1부 술꾼의 노래

2부   깨어 있는 숲이여

3부 오래된 집 안에서

4부   장미여, 오 순수한 모순이여

1부

술꾼의 노래

신이 다가와

신이 다가와
나 여기 있다 말하길 기다리는가
자신의 힘을 드러내는 신은
아무 의미 없다
신은 태초부터 너의 가슴에 들이치고 있다
너는 그걸 알아야 한다
너의 심장이 빨갛게 타오르고 아무것도 발설하지 않을 때
신은 그 안에서 새로운 것을 만든다

신이 다가와

내 눈을 멀게 해도

내 눈을 멀게 해도, 나는 당신을 볼 수 있습니다
내 귀를 막아도, 나는 당신의 음성 들을 수 있습니다
발이 없어도, 당신에게 갈 수 있고
입이 없어도, 당신에게 애원할 수 있습니다
내 팔을 부러뜨려도 내 가슴이 손처럼
당신을 부여잡을 것입니다
내 심장을 멈추면 뇌가 고동칠 것입니다
뇌에 불을 지르면
내 피로 당신을 실어 나르겠습니다

내 눈을 멀게 해도

Rilke

광야의 파수꾼

나를 광야의 파수꾼이 되게 하소서
바위에 귀 기울이게 하소서
바다의 고독을 눈으로 살피게 하소서
강물을 따라 흐르며
양쪽 강기슭의 외침을 떠나
먼 밤의 소리에 이르게 하소서

나를 당신의 빈 땅으로 보내소서
광활한 바람이 지나가는 곳,
웅장한 수도원들이 마치 제의처럼
살아보지 못한 삶들을 감싸고 있는 곳,
나 그곳으로 가는 순례자들과 함께하렵니다
그 어떤 미혹에도
그들의 목소리와 모습을 놓치지 않고
어느 눈먼 노인의 뒤를 따라
아무도 모르는 그 길을 가렵니다

Rilke

고독

고독은 비와 같습니다
바다에서 석양을 향해 오릅니다
아득히 외진 평원에서
고독한 하늘을 향해 오르고
하늘에 이르러서는 도시로 와서 내립니다

고독은 동틀 녘에 비로 내립니다
모든 골목이 아침을 향할 때
아무것도 찾지 못한 몸들이
실망하고 슬퍼하며 서로를 놓아줄 때
서로 미워하는 사람들이 함께
한 침대에서 자야 할 때

그때 고독은 강물 되어 흐릅니다…

어느 젊은 수도사의 목소리

손가락 사이로 빠져나가는 모래알처럼
나 흘러내립니다, 흘러내려 사라져 갑니다
갑자기 무수한 감각이 살아나
제각각 목마르다 아우성을 칩니다
온몸 이곳저곳이
부어오르고 아픕니다
그중에서도 가슴 한복판이 가장 아픕니다

죽고 싶습니다
혼자 있고 싶습니다
이제 불안이 나를 덮쳐와
맥박이 터져버릴 것만 같습니다

Rilke

Ihrem Wunsche gemäß, sage ich
das bald sein könnte
29, rue Cassette.

이 마을에 마지막 집이 있다

이 마을에 마지막 집이 있다
세상의 마지막 집인 양 쓸쓸하게

길은 이 작은 마을을 지나쳐
천천히 어둠 속으로 뻗어가리니

이 작은 마을은 광야와 광야를 잇는
막연한 예감과 불안에 찬 경유지일 뿐
산길이 아니라 집 앞을 지나는 외길

이 마을을 지나쳐 떠나는 사람은
오래도록 헤매다가
아마도 길 위에서 많이들 죽으리라

오 주여

오 주여
모든 사람에게 저마다 고유한 죽음을 주소서
사랑과 의미와 고난이 깃든 그의 삶에서 벗어나는
그런 죽음을 허락해 주소서

오 주여

Rilke

기사

검은 철갑을 두른 기사
떠들썩한 세상을 향해 말을 달리네

밖에는 모든 것이 있다네
낮과 계곡 그리고 친구와 적과 성대한 만찬,
오월과 소녀와 숲과 성배가 있다네
그리고 신조차 친히 수천의 얼굴로
모든 거리에 서 있다네

그러나 기사의 철갑 안, 가장 깜깜한 뒤편에
죽음이 웅크리고 앉아 생각하고 또 생각하리라:
숱한 날을 웅크려 있어야 했던 내 좁은 은신처에서
마침내 나를 끄집어내
사지를 펴고
악기를 켜고
노래 부르게 해줄
낯선 해방의 칼이 칼집을 박차고 나올 날 언제런가

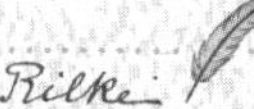

사랑에 빠진 여인

그래요, 그대를 그리워합니다
나를 잃어가며 내 손에서조차 나를 놓습니다
한결같고 흔들림 없으며 진지하게
그대에게서 내게로 밀려오는 것에
맞서볼 마음도 이젠 없습니다

그 시절, 아, 나는 온전했습니다
날 부르는 것도, 날 드러내는 것도 없이
나의 고요는 소곤거리는 냇물 밑바닥에 있는
돌의 침묵과 같았습니다

그러나 이제 이 봄날 무언가가
미지의 그 어두운 시절에서 나를
서서히 떼어놓습니다
어제까지 내가 누구인지도 몰랐던 이의 손에
내 가련하고 따스한 삶을 주어버렸습니다

사랑에 빠진 여인

불안

시든 숲에 울리는 새 울음소리
이 시든 숲에선 무의미해 보입니다
그런데도 선명한 새 울음소리
세상에 나온 그 순간에
시든 숲 위로 하늘처럼 드넓게 퍼집니다
만물이 순순히 그 울음소리에 자신을 맡깁니다
온 땅이 그 소리 안에 소리 없이 몸을 누인 듯하고
거대한 바람마저도 그 소리에 기대는 듯합니다
앞으로 나아가려던 시간은,
그 소리에서 벗어나면
누구나 죽을 수밖에 없음을 알기라도 하는 듯
창백하고 조용합니다

가을날

주여, 때가 왔습니다
여름은 참으로 위대했습니다
해시계 위로 그림자 드리우시고
들판엔 바람을 풀어놓아 주소서

마지막 과일에 여물라 명하소서
남쪽의 날을 이틀만 더 베푸시어
과일의 완숙을 재촉하시고
무거운 포도송이에 마지막 단맛이 들게 하소서

집이 없는 사람은 더는 집을 짓지 않습니다
혼자인 사람은 오래도록 혼자일 것이고
깨어나 책을 읽고 긴 편지를 쓸 것이며
낙엽이 흩날리는 날에는
불안스레 가로수 길을 서성일 것입니다

가을의 끝

얼마 전부터 모든 것이 변해가는 모습을
나는 지켜보고 있습니다
무언가가 일어나 움직이고
죽이고, 고통을 만들어냅니다

모든 정원이
시시각각 달라집니다
노랑에서 황금빛으로,
그리고 서서히 진행되는 낙하
그 길이 내게는 얼마나 멀었던가요

지금 나는 텅 빈 뜰에서
가로수 너머 저편을 내다봅니다
저편 아득한 바다에 이르기까지
진지하고도 힘겹게 거부하는
하늘이 보입니다

예감

나는 깃발처럼 먼 풍경에 둘러싸여 있습니다
저 아래에서는 무엇 하나 움직이지 않습니다
문들은 소리 없이 닫히고 굴뚝마다 정적이 감돌고
유리창 하나 흔들리지 않고 먼지 한 톨 날리지 않습니다
그러나 나는 불어올 바람을 예감하고, 그것을 겪어야 합니다

지금 나는 폭풍을 미리 감지하고 바다처럼 일렁입니다
가슴을 활짝 펴고, 내 안으로 뛰어들고, 내 몸을 내던지며
세찬 폭풍 속에
오롯이 홀로 있습니다

진보

또다시 나의 깊은 삶은
넓은 강둑을 지나듯 크게 소리치며 흐릅니다
사물들은 점점 더 친숙해지고
모든 형상은 점점 더 명확해집니다
나는 이름 없는 것을 더 신뢰합니다
나의 감각은 새처럼
참나무를 떠나 바람 부는 하늘로 솟아오르고
나의 감정은 물고기 등에 올라탄 것처럼
못물의 부러진 햇빛 속으로 가라앉습니다

Rilke

vollkommener Hochachtung
begrüßt Sie bestens:

Sehr geehrter Herr,

가을

나뭇잎이 떨어집니다
먼 하늘나라 정원이 시들어버린 듯
저기 아득한 곳에서
거부하는 몸짓으로 떨어집니다

그리고 밤마다 무거운 대지가
모든 별에서 멀어져 고독 속으로 떨어집니다

우리 모두 떨어집니다.
여기 이 손도 떨어집니다
보세요, 모두가 떨어집니다

하지만 이 낙하를 한없이 부드럽게
두 손으로 떠받치는 한 분이 있습니다

저녁

저녁이 천천히 옷을 갈아입는다
늙은 나무들이 우듬지로 옷자락을 잡아주고
너는 그 모습을 바라보고 있다
땅들은 네게서 갈라진다
하나는 하늘로 오르고 다른 하나는 아래로 떨어진다

너는 어느 쪽에도 속하지 않은 채 남겨진다
침묵에 잠긴 집만큼 그렇게 어둡지도 않고
매일 밤 별이 되어 올라가는 그 무엇만큼
그렇게 영원을 굳게 맹세하지도 않는다

그리고 너의 삶은 (말로는 다 설명할 수 없지만)
두려움과 장대함과 성숙함으로 가득 차
때론 제한되고 때론 품어 안으면서
너의 가슴속에서 돌이 되고 별이 된다

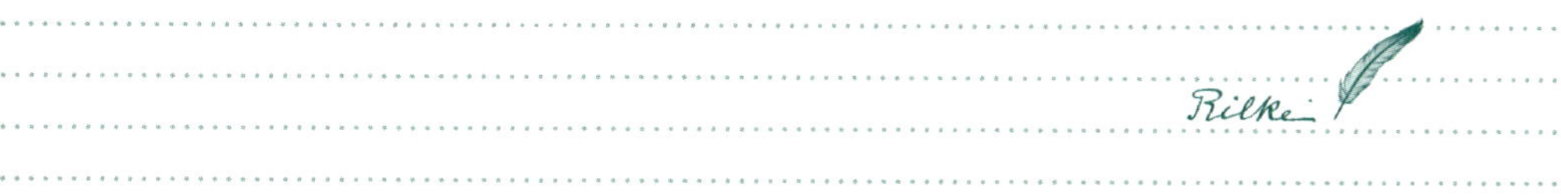

엄숙한 시간

이 세상 어디선가
까닭 없이 울고 있는 그 사람
나를 위해 울고 있다

이 세상 어디선가 한밤중에
까닭 없이 웃고 있는 그 사람
나를 비웃고 있다

이 세상 어디선가
까닭 없이 걷고 있는 그 사람
내게로 오고 있다

이 세상 어디선가
까닭 없이 죽어가는 그 사람
나를 바라보고 있다

엄숙한 시간

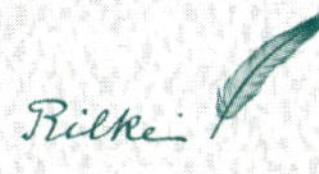

거지의 노래

비에 젖고 햇볕에 그을리며
이 집 저 집 끝없이 발길을 옮긴다
문득 오른쪽 귀에 손을 갖다 대니
한 번도 들어본 적 없는
내 목소리 들린다

지금 소리치는 사람이 누구인지 알 수가 없다
나 자신일까, 아니면 다른 누구일까
나는 한 푼을 위해 소리치고
시인은 그 이상을 얻기 위해 소리친다

나 마침내 눈을 감고
두 손으로 얼굴을 가리면
얼굴은 제 무게를 온전히 손에 맡긴 채
거기서 편히 쉬는 듯 보이리
그러면 아무도 내게
머리 하나 누일 곳 없다 말하지 않으리라

Rilke

Ihrem Wunsche gemäß, lege ich

das bald sein könnte

29, rue Cassette.

술꾼의 노래

내 안에 머물러 있지 않고 자꾸 들락거리는
그것을 나는 잡고자 했지
그때 술이 그것을 잡아주었다네
(그것이 무엇이었는지 기억나지는 않아)
그 후 술은 내게 이것저것을 잡아주었고
나는 결국 술에 완전히 의존하게 되었지
어리석게도!

지금 나는 술의 장난에 놀아나고
술은 나를 경멸하며 흩뿌리고
오늘도 나를 이 짐승, 죽음에 던져주네
죽음은 나를, 이 더러운 카드를 손에 쥐면
그의 잿빛 부스럼 딱지를 긁어내고
똥통에 던져버릴 테지

고아의 노래

나는 아무도 아니고, 또한 아무도 되지 않으리
지금 나는 무엇이 되기엔 너무 어리니까
그러나 앞으로도 그럴 테지

어머니들과 아버지들이여, 나를 불쌍히 여기소서
비록 키우느라 수고한 보람은 없지만
그럼에도 결국 나는 거두어지리라
아무도 나를 부릴 수는 없으리라
지금은 너무 이르고, 내일이면 너무 늦을 테니까

내가 가진 것은 이 옷 한 벌뿐
그마저도 닳을 대로 닳아 바래가네
그러나 어쩌면 이 옷은 신 앞에서도 견뎌내리라
영원을 누릴지도…

내가 가진 것은 이 몇 줌의 머리카락뿐
(언제나 변치 않았던 것이지)
한때 누군가가 가장 사랑했던 것이지만

이제 그 사람은 아무것도 사랑하지 않는다네

그러한 밤이면 1

그러한 밤이면 너는 골목길에서
미래의 존재들, 길고 창백한 얼굴들을 만날지도 모른다
그들은 너를 알아보지 못하고, 말없이 그냥 지나치게 두겠지
그러나 그들이 말을 시작한다면
지금 거기 서 있는 너는
이미 오래전에 썩어 없어진 몸이리라
그들은 앞으로 다가올 미래의 존재임에도
이미 죽은 존재처럼 침묵한다
미래는 아직 시작되지 않았다
그들은 시간 속에 얼굴을 들이밀고 있지만
마치 물속에서처럼 아무것도 볼 수가 없다
그러나 그들은 한동안 그것을 견디며
마치 물결 아래 있는 것처럼
물고기들의 조급함과 닻을 내리는 밧줄들을 지켜보리라

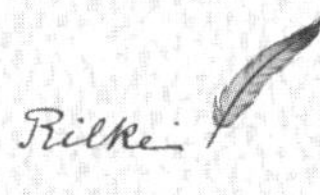

그러한 밤이면 2

그러한 밤이면 감옥문이 열린다
그리고 간수들의 악몽 사이로
그들의 힘을 경멸하는 자들이
나직이 웃음을 흘리며 지나간다
숲이여! 네 품에 잠들기 위해 그들이 오는구나
저마다 오랜 형벌을 몸에 매단 채로
숲이여!

Rilke

끝맺음

죽음은 위대하다
우리는 웃음을 띤
그의 입에 달려 있다
우리가 삶의 한복판에 있다고 믿을 때
죽음은 우리 가슴 한복판에서
느닷없이 울기 시작한다

끝맺음

도시의 여름밤

저녁 무렵 저 아래는 구석구석 회색빛 짙어지고
늘어진 헝겊처럼 가로등 주변에 드리워진 그것은
벌써 밤이었다
갑자기 집 뒤의 보잘것없는 빈 벽이
몸서리치는 어둑한 밤하늘로
높이 솟아오르고
거기 보름달이 떴다, 틀림없는 달이었다

그리고 그 위에서는
티 없고 상처 없는 밤하늘이 조금씩 퍼져나간다
모든 창문은 빈집처럼
창백해진다

소녀의 탄식

우리 모두 어렸던 그 시절
혼자 있고 싶은 이런 마음은
온순한 편이었어요
다른 이들은 싸우며 시간을 보내고
저마다 자기편을 가지며,
자기만의 친근한 세계와 넓은 세계,
자기만의 길, 자기만의 동물, 자기만의 상상을 가졌어요

그리고 그때까지도 나는
인생이 무언가 의미 있는 것을
내 마음에 끊임없이 주리라 생각했지요
나는 내 안에서 가장 큰 존재가 아닌 걸까요?
내 마음이 이제 나를 위로하지 않고
어릴 때처럼 나를 이해해 주지도 않아요

갑자기 추방당한 것만 같아요
나의 감정이 내 젖가슴의 언덕 위에 서서
날개를 달라고, 종말을 고해달라고 소리칠 때면
나의 고독은 더욱 거대해져요

사랑의 노래

내 마음이 당신의 마음에 닿지 않게 하려면
이 마음을 어떻게 잡아둬야 할까요?
내 마음이 당신을 넘어 다른 것들에게로 향하게 하려면
이 마음을 어떻게 해야 할까요?
아, 어둠 속 어딘가 잃어버린 무언가 옆에
당신이 흔들려도 덩달아 흔들리지 않는
어딘가 낯설고 고요하고 깊은 그곳에
내 마음을 숨겨두고 싶어요
그러나 당신과 나, 우리에게 닿는 모든 것이
두 현에서 하나의 소리를 끌어내는 현악기 활처럼
우리를 하나로 묶어버려요
우리는 어떤 현악기에 팽팽히 매여 있을까요?
어떤 연주자가 우리를 켜고 있을까요?
아, 감미로운 노래여

어느 어린 소녀의 묘비

우리는 아직도 기억하네
모든 것이 지금 다시 일어나는 것처럼
너는 레몬 해변의 한 그루 나무마냥
너의 조그맣고 가벼운 젖가슴을
일렁이는 그의 핏속에 내밀고 있었지

―저 신의 핏속에

그는 민첩한 도망자였으며,
여인들을 홀리는 자였다네
달콤하고 열정적이고
너의 생각처럼 따뜻하고
너의 어린 옆구리를 덮으며
너의 눈썹처럼 침울하게 휘어 있었지

Rilke

피에타

예수, 너의 발을 이렇게 다시 보는구나
조심스레 신발을 벗기고 씻겨주었던 그 옛날의 발
그때 너의 어린 발은 가시덤불 속 하얀 짐승처럼
내 머리카락에 뒤엉키곤 했었지

사랑받아 본 적 없는 너의 팔다리를
이 사랑의 밤에 이렇게 처음 보는구나
우린 이렇게 같이 있어본 적도 없었고
이제 나는 너를 우러러보고 경외할 뿐이구나

하지만 내 사랑아, 보려무나, 너의 손이 찢겨졌구나
내가 그런 게 아니란다
내가 사랑으로 깨문 게 아니란다
너의 심장은 열려 있어 누구나 들어갈 수 있구나
아, 그 문은 오직 나만의 것이어야 했거늘

지금 너는 지쳤고 너의 고단한 입술은
내 아픈 입술에 입 맞추고 싶지 않구나
오 예수, 예수, 우리가 함께였던 때가 언제였더냐
우리 두 사람은 이렇게 기이하게 죽어가는구나

Rilke

시인의 죽음

그는 누워 있었다
들어 올려진 창백한 얼굴은
높은 베개 위에서 모든 것을 거부했다
세상과 세상에 대한 그의 지식은
모든 감각으로부터 찢겨나가
무정한 세월로 돌아가 버렸다

생시의 그를 본 사람들은
그가 이 모든 것과 어떻게 하나였는지 모르리라
이 계곡, 이 초원, 이 호수
이 모든 것이 그의 얼굴이었기 때문이다

오, 이 넓은 세상 전체가 그의 얼굴이었다
세상은 지금도 그에게 가려 하고 그를 둘러싼다
그러나 이제 겁먹은 그의 표정은
공기에 닿아 썩어가는 과일 속처럼
물렁거리고 훤히 드러나 있다

붓다

그는 귀 기울여 듣는 듯하다
고요를, 멀리 세상을—
숨을 멈춰 보지만, 그 소리 들리지 않는다
그는 별이다
그리고 우리 눈에는 보이지 않는
다른 큰 별들이 그를 둘러싸고 있다

오, 그는 모든 것이다
그의 눈길이 우리에게 닿기를 기다리는가?
그에게 그럴 필요가 있을까?
우리가 여기 그 앞에 무릎을 꿇는다 해도
그는 한 마리 짐승처럼 웅크린 채 꼼짝 않으리라

우리를 그의 앞에 무릎 꿇린 그것이
수백만 년 전부터 그의 안에서 맴돌고 있다
그는 우리가 겪는 고통을 잊어버리고
우리를 추방하는 그것조차 겪으며 지나간다

중세의 신

사람들은 가슴에서 신을 없앴고
신이 존재하여 심판해 주기를 바랐다
그러다가 종국에는
—신이 하늘로 오르는 것을 막기 위해

자신들의 거대한 성당을 묵직한 추처럼
신의 몸에 매달았다
그리하여 신은 마치 시곗바늘처럼
끝없이 이어지는 숫자들을 가리키며 빙빙 돌고

사람들의 행동과 일과에 신호나 보내야 했다
그러나 갑자기 신이 행동을 개시했다
깜짝 놀란 도시 사람들은

신의 목소리에 겁을 먹고
내걸었던 종을 떼어 들고 신을 내버려둔 채
시계의 숫자에서 도망쳐버렸다

중세의 신

시체 안치소

여기 그들이 누워 있다
마치 뭐라도 할 수 있을 것처럼 결연하게
마치 서로 화해하고
이 냉기와도 어우러질 방도를 찾아낼 것처럼

모든 일이 아직 덜 끝났기 때문이다
그들의 주머니에서 어떤 이름이 발견되었을까
그들의 입가에 떠도는 권태를
사람들은 닦아내려 했다

권태는 닦이지 않았고 그저 아주 깨끗해졌다
턱수염은 조금 더 빳빳해졌다
구경꾼들에게 혐오감을 주지 않기 위해
경비원들의 구미에 맞게 다듬어졌기 때문이다

이제 그들의 눈알은 눈꺼풀 밑에서 방향을 바꾸어
자기의 안을 들여다보고 있다

2부

깨어 있는 숲이여

2부

내 영혼 행복을 갈망하네

내 영혼 행복을 갈망하네
짧고도 허망한 그 놀라운 환상을…
샘물의 소용돌이에서, 소나무의 속삭임에서
행복이 다가오는 소리 들리는구나

은빛 조각배가 보랏빛 언덕에서
창백한 푸른 하늘로 떠오를 때
짙은 그림자 드리운 꽃나무들 아래에서
행복이 다가오는 것이 보인다

하얀 옷을 입고 떠난 내 사랑,
가슴에 붉은 꽃을 꽂고서
일요일마다 먼지와 수풀 사이를 함께 거닐었던
내 사랑처럼
행복도 그 붉은 꽃 꽂고 있을까?

내 영혼 행복을 갈망하네

봄엔가, 꿈에선가

봄엔가, 꿈에선가
그 옛날 나는 그대를 만났지요
이제는 우리 함께 가을날을 걷는데
그대 내 손을 잡고 울고 있네요

흘러가는 구름 때문인가요?
핏빛처럼 붉은 낙엽 때문인가요?
아니, 나는 알아요.
그 옛날 그대 행복했음을
봄엔가, 꿈에선가…

봄엔가, 꿈에선가

그대에게 봄을 보여주고 싶어요

그대에게 봄을 보여주고 싶어요
수백 가지 기적을 일으키는 그 봄을!
봄은 숲의 것이기에
도시로는 오지 않아요

둘이서 손잡고
차가운 골목 멀리 벗어나
함께 가야만
그 봄을 볼 수 있어요

그대에게 봄을 보여주고 싶어요

내가 그리워하는 것

내가 그리워하는 것,
머물 고향 없이
물 흐르듯 시간을 보내는 것
내가 소망하는 것,
매일 매순간 영원과 조용히 대화하는 것

그리고 삶이란
어제라는 시간으로부터
가장 고독한 시간이 떠오를 때까지
다른 시간의 자매들과는 달리 미소 지으며
영원한 존재 앞에서 침묵하는 것

Rilke

내가 정원이면 좋겠습니다

내가 정원이면 좋겠습니다
수많은 꿈이 분수대 옆에 새로운 꽃을 피워내는 곳,
어떤 꽃들은 제각기 떨어져 생각에 잠기고
어떤 꽃들은 말 없는 대화로 하나 되는
그런 정원이면 좋겠습니다

꽃들이 이리저리 살랑일 때면, 그 머리 위에서
나의 말도 나뭇가지처럼 살랑이면 좋겠습니다
꽃들이 쉴 때면, 선잠에 취한 꽃들의 말을
조용히 엿듣고 싶습니다

내가 정원이면 좋겠습니다

마리아

마리아
당신이 울고 있다는 걸 알아요
나도 당신을 위해
울고 싶어요
이마를 바위에 대고
울고 싶어요…

당신의 손은 뜨거워요
그 손 아래로 건반을 밀어 넣으면
노래 하나 남을 텐데

하지만 시간은
아무 유언도 남기지 않은 채 죽어가요…

마리아

Rilke

Anbei ein Manuscript : (8 Blätter)

Bücher einer Liebenden.

우리는 무서우리만치 아주 쓸쓸하여

우리는 무서우리만치 아주 쓸쓸하여
서로 의지할 수밖에 없어요
모든 말은 우리의 방랑 앞에 나타난
숲과 같아요
우리의 의지는 우리를 휘휘 돌며 다그치는
바람일 뿐이에요
우리 자신이 곧 갈망이기 때문이지요
피어나는 꽃 속에 담긴 갈망…

우리는 무서우리만치 아주 쓸쓸하여

요람 대신 작은 관을

요람 대신 작은 관을
내게 주었더라면 훨씬 좋았으리라
그랬더라면 눅눅한 밤 내 입술은
오래전에 침묵했으리라

그랬더라면 연약한 가슴이 거친 의지에
두려워 떠는 일도 없었으리라
그랬더라면 조그만 몸 안에 고요가 깃들었으리라
아무도 생각할 수 없는 그런 고요가

그랬더라면 그저 어린 영혼만이
살포시, 아주 살포시 하늘 높이 올라갔으리라
어찌하여 내게
요람 대신 작은 관을 주지 않았던가

저기 저 하늘에

저 하늘에 두둥실 떠 있는
저 구름이 부러워요
햇살 내리쬐는 광야에
제 검은 그림자 던져놓았으니까요

하늘을 나는 구름 아래서
대지가 빛을 열망하며 투덜대도
저 구름은 용맹하게
태양을 가려요

나도 저 태양이 쏟아붓는
황금빛 햇살을 가리고 싶어요
단 몇 분일지라도!
구름이여! 아, 나는 당신이 부러워요!

저기 저 하늘에

난들 알까?

내가 왜 이러는지 난들 알까?
꽃향기 실린 미풍 속
청동빛 풀줄기 틈에서
길 잃은 귀뚜라미의 노래

내 영혼 깊은 곳에서
슬프고도 다정한 노랫소리 울려 퍼진다
아마도 열병에 걸린 아이가
죽은 엄마의 노래를 들으면 이럴지도

난들 알까?

희뿌연 회색 하늘

희뿌연 회색 하늘
모든 빛이 겁을 먹고 창백해요
멀리, 한 줄기 붉은 선만이
얼얼한 채찍 자국처럼 남았어요

갈 곳 잃은 반사광이 사라졌다 나타나고
허공에는
점점 사그라드는 장미 향기와
억눌린 흐느낌만 있어요

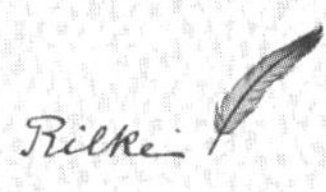

고요한 집에

고요한 집에
창문은 붉게 타오르고
정원은 온통 장미 향으로 가득했다
저 높이 흰 구름 틈새
멈춰버린 대기 속에서
저녁은 양 날개를 활짝 펼쳤다

한 줄기 종소리가 하늘의 부름처럼
은은하게 초원 위로 쏟아져 내렸다
속삭임 가득한 자작나무 위
나는 살그머니 올려다보았다
밤이 첫 별들을 불러내어
창백한 푸른빛으로 빛나게 하는 것을

Rilke

거대한 분꽃처럼

거대한 분꽃처럼
세상은 향기롭고 찬란하다
세상의 꽃잎에 오월의 밤이
파란 날개를 가진 나비처럼 앉는다

움직이는 것 하나 없고
은빛 더듬이만 반짝이다가
이내 빛바랜 날개로
아침을 향해 날아간다
불꽃처럼 붉은 과꽃에 앉아서
그는 죽음을 마시리라

오월의 밤

오월의 밤이 방울방울 별들을 떨구며
한없이 조용한 잠자리에 누울 때면
내 모든 감각도 깊어져
달콤한 충동이 가슴을 흔듭니다

그순간 그대 사뿐사뿐 소리 죽여
빛나는 푸른 하늘을 향해 오르고
어둠 속 그대의 영혼은 밤제비꽃처럼
화사하게 피어납니다

Rilke

정말이에요

정말이에요, 나 이제 병에 지쳐
요란한 봄날을 바라지 않아요
나 이제 나무 꼭대기 빨갛게 물들고
햇살 반짝이는 이른 가을을 원해요

기쁨, 터질 듯한 그 기쁨을
이제 더는 가슴에 품길 원치 않아요
나 이제 임종의 방 같은 고요를 원해요
내 죽은 행복을 위해서

정말이에요

vollkommener Hochachtung

begrüßt Sie bestens :

Sehr geehrter Herr,

하얀 국화가 핀 날

하얀 국화가 핀 날
나는 그 묵직한 장관에 겁을 먹었어요
이윽고 깊은 밤중에
내 영혼을 가지러 당신이 찾아왔어요

정말 두려웠는데,
당신이 왔어요, 조용하고 다정하게
마침 꿈속에서 당신을 떠올리던 참이었지요
당신이 찾아오자
밤은 동화 속 선율처럼 은은하게 울렸어요

하얀 국화가 핀 날

너 아직도 기억하고 있을까

너 아직도 기억하고 있을까
내가 네게 사과를 건네고
너의 금발을 조심스레 쓰다듬던 일을!
그 시절 나는 잘 웃었고 너는 아직 어렸었지

어느덧 나는 진지해졌고
내 가슴속에는 젊은 희망과 오래된 비탄이 타올랐어
언젠가 가정교사가 너의 손에서
'베르테르'를 빼앗던 그 무렵이었지

봄이 아우성치던 날, 나는 네 뺨에 입을 맞췄고
너는 기쁨에 찬 큰 눈으로 나를 빤히 보았지
그날은 일요일이었어
멀리서 종소리가 울리고
전나무 숲 사이로 불빛이 새어들었지…

Rilke

Ihrem Wunsche gemäß, lege ich

das bald sein könnte

29, rue Cassette.

모두가 알았다

모두가 알았다
가을이 왔다는 것을
낮은 어느새 제 피에 빠져 숨을 거두었고
여자아이의 동그란 모자에 꽂힌 한 송이 꽃만
어스름 속에서 환히 빛났다

아이는 오랫동안 조용히 서서
해진 장갑으로 내 손을 쓰다듬었다
골목길에는 아이와 나 둘뿐이었고
아이가 두려운 듯 물었다, 가는 거야?
그래, 이제 갈 거야

아이가 이별의 고통으로 가득 찬
작은 머리를 내 외투 속에 파묻자
작은 모자의 붉은 장미가 고개를 끄덕이고
저녁이 힘없이 미소를 지었다

강림절

겨울 숲에 바람이 휘몰아쳐
목동처럼 눈송이 떼를 몰아댑니다
전나무는 예감합니다
곧 경건하게 촛불이 밝혀지리라
전나무는 바깥쪽을 향해 귀를 쫑긋 세우고
하얀 길을 향해 나뭇가지를 힘차게 뻗습니다
바람에 맞서
영광의 그 한 밤을 향해 자라납니다

나는 늘 같은 길을 걷는다

나는 늘 같은 길을 걷는다
누군가를 위해 장미를 심어 놓은
그 정원을 따라!
하지만 나는 알고 있다, 앞으로도 오래도록
그 모든 게 나를 위한 게 아님을,
그래서 감사도 소리도 없이
그 곁을 지나쳐 가야 한다는 것을

나는 단지 그 행렬을 먼저 시작한 사람일 뿐,
그 선물은 내 것이 아니다
더욱 복된 이들
밝고 고요한 누군가가 올 때까지
모든 장미는 바람결에
붉은 깃발처럼 나부낀다

은빛 날개의 하얀 영혼들

은빛 날개의 하얀 영혼들
노래를 불러본 적 없는 아이들의 영혼
고요히, 점점 커가는 동심원 그리며
두려운 삶을 향해 다가오는 영혼들

바깥의 목소리들이 너희를 깨우면
너희도 꿈을 저버리게 될까?
낮에 들리는 수천의 소음으로
더는 노래와 웃음 만들어내지 못할까?

깨어 있는 숲이여

깨어 있는 숲이여
고통의 겨울 한복판에서
대담하게 봄기운 가슴에 품고
너의 은빛 방울방울 떨구어 내고 나니
푸르러지는 너의 갈망이 보인다

너의 길이 이끄는 대로 따라가다 보면
나 어디서 와서 어디로 가는지 모른다
다만 내가 아는 건
너의 깊은 곳에 이르는 문들이 있었다는 것
그리고 이제는 없다는 것

Rilke

인생을 꼭 이해할 필요는 없어요

인생을 꼭 이해할 필요는 없어요
그냥 두면 축제처럼 될 터이니
모든 날을 그냥 그렇게 두세요
아이가 길을 걸으며
바람 불 때마다 날아드는 꽃잎을
선물처럼 그냥 두듯이

꽃잎을 모아 간직하는 일 따위
관심 없어요
아이는 제 머리카락에 들어와 붙잡힌 꽃잎
살며시 떼어내 풀어주고
사랑스러운 젊은 시절을 향해
새 꽃잎을 달라 두 손을 내밀어요

인생을 꼭 이해할 필요는 없어요

내가 믿는 정원

이것이 내가 믿는 정원이에요
화단의 꽃들이 시들면
바래가는 나뭇잎 아래 자갈밭엔
보리수에 걸러진 침묵이 흘러요

연못 위 백조 한 마리
반짝이는 동그라미 만들며
이 끝에서 저 끝으로 헤엄쳐요
빛나는 날개에
맨 먼저 은은한 달빛 싣고서
어둑해진 물가로 데려갈 거예요

첫 장미들이 깨어나요

첫 장미들이 깨어나요
나직한 웃음소리처럼
수줍은 꽃향기가
납작한 제비 날개와 함께
스치듯 낮을 쓰다듬어요

그대 어디를 갈망해도
거긴 온통 불안뿐이에요

모든 반짝임이 낯설고
귀에 익은 소리 하나 없고
밤은 너무 새롭고
아름다움은 곧 부끄러움이랍니다

너른 들에는 기다림이 있었네

너른 들에는 기다림이 있었네
끝내 오지 않을 손님
불안해진 정원이 다시 한번 묻고
마침내 그 미소가 서서히 굳어가네

한가로운 늪지의 저녁
가로수 길은 점점 여위어 가고
나뭇가지에 매달린 사과들 불안에 떨며
바람 불 때마다 괴로워하네

너른 들에는 기다림이 있었네

나는 고아입니다

나는 고아입니다
아이를 북돋우고 달래는 그런 이야기들
누구 한 사람도
내게 들려준 적 없어요

그런 이야기가 어디서 갑자기 왔을까요?
누가 내게 전해주었을까요?
그에게 들려주기 위해
나는 바닷가에 전해지는
모든 이야기와 전설을 알아두었어요

3부

오래된 집 안에서

시냇물은 나직이 노래하고

시냇물은 나직이 노래하고
먼지와 도시는 저 멀리 있어요
우듬지는 이리저리 손을 흔들어
나를 진정시켜요

숲은 깊고 세상은 넓고
내 마음은 밝고도 크지요
창백한 고독이 제 무릎에
내 머리를 눕혀줍니다

시냇물은 나직이 노래하고

불꽃 백합

나뭇가지들 뚜두둑 부러지는 겨울에도
시냇물은 얼어붙을 수 없었다
피의 물결이 시냇물의 맥박을
계속 뛰게 했기 때문이다

꽃이 눈을 뜨고
새가 노래하는 시절이 찾아오자
백합은 스스로 붉게 솟아올랐다
주검을 거름 삼은 단단한 땅을 뚫고서

그럼에도 불구하고

때때로 벽 선반에서
나의 쇼펜하우어를 꺼내 봅니다
그는 삶을 일컬어
"슬픔으로 가득 찬 감옥"이라 했지요

그의 말이 맞더라도, 나 아무것도 잃은 것 없어요
감옥의 고독 속에서도
그 옛날 달리보* 처럼
행복하게 내 영혼의 현을 깨우니까요

* 체코의 전설적인 기사. 위험인물로 체포되어 탑에 갇혔다가 처형되었다.

Rilke

Ihrem Wunsche gemäß, läge ich
das bald sein könnte
29, rue Cassette.

저 멀리서 저녁이

저 멀리서 저녁이
눈 내린 고요한 전나무 숲을 뚫고 옵니다
가까이 와서는 모든 유리창에
제 겨울 뺨을 비비며 엿듣습니다

모든 집이 적막해집니다
노인들은 안락의자에서 생각에 잠기고
어머니들은 여왕처럼 보이고
아이들은 놀이를 끝내고
하녀들은 물레질을 멈춥니다
저녁은 집 안의 소리를 엿듣고
안에서는 바깥의 소리를 엿듣습니다

겨울 아침

폭포는 얼어붙고
까마귀들은 못가에 웅크리고 있어요
귀가 빨개진 내 사랑은
재미난 장난을 궁리하고 있지요

태양은 우리에게 입을 맞추고
나뭇가지 사이로 단조의 노랫소리가
꿈에 취한 듯 떠다녀요
우리는 앞으로 앞으로 걸어가고
땀구멍마다 활기찬 아침의 향기가 가득 차요

겨울 아침

오래된 집 안에서

오래된 집 안, 탁 트인 전망
프라하 전체가 커다란 원을 그립니다
멀리 아래쪽에서 슬금슬금
땅거미가 소리 죽이고 기어갑니다

시내는 유리에 가로막힌 듯 뿌옇습니다
오직 성 니콜라스 성당의 청록색 돔만이
투구를 쓴 거인처럼
선명하게 우뚝 솟아 있습니다

멀리 무더운 거리의 끊임없는 소음 속에
벌써 여기저기 등불이 반짝입니다
지금, 저 오래된 집 안에서
누군가 "아멘"이라고 말하는 것 같습니다

성당 안에서

사방 벽들 위로 드높은 아치 천장이
돌과 청동에 둘러싸여 반짝이고
성녀상 하나 희미한 촛불들 뒤에서
그늘진 갈색으로 가물거립니다

후광을 두른 천사의 머리처럼
밝게 빛나는 은 등잔 하나
천장에 매달려 흔들리고
그 안에 작고 영원한 불빛이 웅크리고 있습니다

먼지투성이 금빛 유리 장식이
드리워진 한쪽 구석에는
거렁뱅이 아이 하나
지저분한 넝마를 걸친 채 서 있습니다

그 많은 찬란한 빛 중에서
단 한줄기도 아이의 가슴에 은총을 내리지 않았고
아이는 떨며, 힘없이 내게 손을 뻗습니다
"제발!"—나직한 이 한마디와 함께

11월의 어느 날

차가운 가을이 한낮에 재갈을 물려
수천의 환호가 침묵하니
11월의 안개 속, 성당 종탑 높은 곳에서
조종 소리 처량하게 울린다

안개 속 희뿌연 햇살은
축축한 지붕 위에 나른하게 누워 있고
굴뚝을 훑는 세찬 바람은 차디찬 두 손으로
애도의 노래 끝자락을 움켜잡는다

저녁

저 끝 외딴 마지막 집 뒤편으로
붉은 저녁 해가 잠자러 가고
한낮의 환호는
장중한 노랫소리 끝자락 속으로 잦아듭니다

어느덧 밤이 검푸른 먼 하늘에
다이아몬드를 뿌릴 때
한낮의 잔광은 늦게까지 남으려
지붕 난간에 매달립니다

Rilke

vollkommener Hochachtung

begrüßt Sie bestens :

Sehr geehrter Herr,

젊은 조각가

로마로 가겠소
몇 년 내 성공하여 고향으로 돌아오리다
내 사랑이여, 자, 울지 마오
로마로 가서 걸작을 만들 테니

이 말을 남기고
그는 바라던 그 세계로 꿈에 취해 떠났다
하지만 그의 영혼은
마음속 질책에 종종 괴로웠으니

불안이, 그 지독한 것이 결국 그를 고향으로 다시 몰아넣었고
그는 관 속에 누운 가엾은 창백한 연인을
젖은 눈으로 빚었다
그것이 그의 걸작이 되었다

밤에

프라하 하늘 높이
밤의 거대한 꽃받침이 벌써 활짝 피었습니다
태양의 나비는 그 화려한 빛을
활짝 피어난 밤의 서늘한 품에 숨겼지요

꾀 많은 땅의 정령인 달은 높은 곳에서
히죽거리며 장난치듯 아래로 아래로
하얀 은빛 부스러기를
몰다우강에 뿌립니다

그러다가 갑자기 삐치기라도 한 듯
빛을 거두어들입니다
그의 경쟁자,
탑에 걸린 환하고 둥근 시계를 보았기 때문이지요

밤에

꿈

밤이 옵니다
푸른 드레스 솔기마다 온갖 장신구로 치장하고
마돈나의 부드러운 손길로
내게 꿈을 건네요
그러곤 제 임무를 수행하러
발소리 죽이며 도시로 가서는
내게 준 꿈의 대가로
병든 아이의 영혼을 저편으로 데려갑니다

불쌍한 아이

뺨이 움푹 들어간 한 소녀를 알고 있어요
소녀의 어머니는 약했고
소녀의 첫 옹알이는
아버지의 욕설에 덮여버렸지요

가난은 오랜 세월 끈질기게 머물렀고
배고픔은 덤이었어요
그렇게 소녀의 표정은 어두워졌고
머리칼에 비쳐 드는 황금빛 햇살도 소용없었지요

소녀는 울타리에 핀 꽃들의 미소를
슬픈 눈으로 바라보며 생각해요
만령절에도 꽃은 피고 햇살이 비추는구나

불쌍한 아이

Rilke

가을의 정취

죽음의 사자가 문간에 조용히 서 있는 임종의 방처럼
공기가 미적지근합니다
금방이라도 꺼질 듯한 촛불처럼 창백한 햇살이
눅눅한 지붕마다 힘없이 누워 있습니다

빗물은 물받이 통에서 쪼록쪼록 숨을 고르고
까칠한 바람은 나뭇잎 시신들을 검시합니다
잿빛 하늘에서는 작은 구름 떼가
내몰린 도요새 떼처럼 불안스레 흘러갑니다

어머니

화려한 마차들 덜컹대며
극장 앞으로 달릴 때
멀찍이 희미한 가로등 아래에
한 노파 우울한 얼굴로 서 있어요

갑자기 말 한 마리 놀라 뒷걸음치자
노파는 움찔 놀라요
인파 속 그 누구도
모퉁이에 선 노파를 보지 못합니다

새로 등장한 '위대한 인물'이 화제에 오르고
사람들은 그 얘기만 합니다
백작의 호의로
그의 재능이 꽃을 피웠다나 뭐라나

한참 뒤, 끝을 알리는 나팔 소리와 함께
환호성이 극장 안에 가득합니다
그러나 극장 밖의 노파는
자식을 위해 남몰래 기도할 뿐입니다

고향의 노랫소리

이토록 심금을 울리는
구슬픈 고향의 노랫소리
슬며시 내 가슴 파고들어
마음이 울적해지네

감자 캐던 아이
나직이 노래하면
그 노랫소리
늦은 밤 그대 꿈결에도 울리리

멀리 타향으로
그대 떠나가
수많은 세월이 흐른다 해도
언제나 그 노랫소리 귓가에 맴돌리라

Rilke

Anbei ein Manuscript: (8 Blätter)

Bücher einer Liebenden.

여름 저녁

거대한 태양이 불볕을 뿌려대니
여름 저녁은 열병에 걸려
두 뺨이 뜨겁게 달아오른다
여름 저녁이 신음한다: "나 차라리…"
그리고 다시: "너무 피곤해…"

덤불들 애도하며 기도하고
반딧불이는 영원의 등불처럼
덤불 속에 가만히 매달리니
조그만 흰 장미 한 송이에
붉은 후광 드리운다

구름 동화

망치질 소리 잦아들듯
한낮이 은은한 소리 내며 잦아들었어요
언덕 풀숲 위에 커다란 달이
노란 골드멜론처럼 누워 있어요.

그걸 맛보고 싶었던 작은 구름 하나
마침내 환하고 둥근 그 달을
한 입 덥석 베어 물어
볼록해진 뺨으로 급히 씹었어요

구름은 도망치려다 한참을 머무르며
빛을 몽땅 빨아 먹었어요
그때 밤이 황금빛 과일을 높이 들어 올리자
구름은 까맣게 녹아내렸답니다

밤 풍경

극장 입구도
점차 고요해집니다
공허한 아크 램프 하나가
마차 안을 들여다봅니다

텅 빈 보도 위에서 빛들이 움찔거립니다
저기 저 집
환한 다락방 창문을 보세요
울다 지친 두 눈 같지 않나요?

밤 풍경

불면

아직 아이였던 언젠가
죽은 엄마 곁에서
울고 또 울며 하룻밤을 꼬박 새웠다
그 후 세월은 소리 없이 흘렀고
다시는 그 밤을 생각하지 않았다

그리고 또 다른 밤이 찾아왔다
그 밤에 붉은 입술은
열정과 죄악에 달아올라 한껏 쾌락을 즐겼다
그러나 문득, 드높은 힘에 이끌리듯
밤을 새웠던 어린 그 밤이 떠올랐다

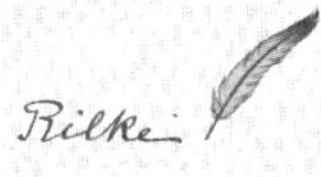

태양의 마지막 인사
-베네스 크니퍼의 그림을 보고

거룩한 태양이 녹아들고 있었다
하얀 바닷속으로 뜨겁게—
바닷가에 두 수도자가 앉아 있었다
금발의 젊은이와 백발의 노인

노인은 생각하고 있었다
언젠가 나도 이렇게 평화로이 쉴 수 있기를
젊은이도 생각하고 있었다
내가 죽을 때도 이런 영광의 광채가 있기를

태양의 마지막 인사

평화

192

프라하는 전쟁이라는 기형아를 분만했고
그는 온갖 행패를 부렸습니다
그리고 서른의 나이로
칼스 다리에서 죽었습니다

마침내 쇳조각은
그저 농부의 살갗에 생채기나 내게 되었고
교회 종탑에서 타올랐던 불꽃은
아늑한 화덕으로 되돌아갔습니다

투쟁

어린 입술에서 흘러나온
슬픔을 억누른 뜨거운 서약은
금발의 소녀를 하룻밤 사이에
자비의 수녀로 만들어 놓았으니

젊음의 파도는 쉬지 않고
병실 안을 덮치고
수녀의 눈은 이를 부정하지만
소녀의 가슴은 아직 향락을 꿈꾼다

마음을 휘젓는 생각을
엄격한 고행으로 떨쳐버리고
그녀는 엠마우스 수도원으로 돌아가
기적의 성모상을 향해 기도하리라
내게 힘을 주소서

투쟁

Rilke

In vollkommener Hochachtung
begrüßt Sie bestens:

Sehr geehrter Herr,

승리

동이 틀 무렵
"오늘은 어느 때보다 강한 믿음으로
주님의 이름으로 네 임무를 행하여라
이번엔 디프테리아 환자다"

수녀는 어린 환자를 돌보고 입맞춤으로 축복하지만
죽음이 아이의 목을 움켜쥐고 있다
늦은 밤 수녀는 떨리는 몸을 숄로 감싼 채
수도원으로 향한다

어제 그 어린아이를
수도원 근처 진흙 침대에 눕힐 때
수도원 예배당에서는
나직한 진혼곡이 울려 퍼졌다…

승리

가을에

커다란 거미줄처럼
온 세상 드리워진 늦여름 낚아채면
라우렌치 산은 황금빛 갈색 옷으로 갈아입고
한껏 뽐을 냅니다

그 산이 은근히 넘겨다보기에
해는 빛의 목발에 지친 몸 의지한 채
벌써 산등성이 뒤로 숨으며
잠들 곳을 찾습니다

가을에

도시 외곽에서

밭은기침 시끄럽던 윗집 노파
그래, 그 노파가 죽었다. 이름이 뭐였더라? 젠장!
노파는 우리에게 아무것도 주지 않았으나
우리는 노파에게 조롱과 경멸을 주었더랬지…
사람들이 노파의 이름을 알았을 리가 없다

검은 운구 마차가 밑에 와 있다
안 들어가려 버티는 노파를
사람들이 욕을 뱉으며 싸구려 관에 밀어넣었고
이윽고 마차 문이 쾅 하고 닫혔다

마부는 늙고 야윈 말에 채찍을 휘둘러
따그닥따그닥 가볍고 경쾌하게 공동묘지로 향한다
마치 마차 안에 고통과 행복으로 가득했던
한 온전한 생애와 이제는 죽은 꿈들이
들어 있지 않은 것처럼

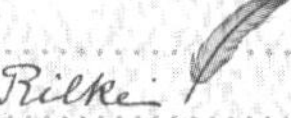

성 하인리히 곁에서

성당 제단 창살 곁에
희미한 등불 깜빡이는 곳
문장이 새겨진 잿빛 금속판 아래
늙은 기사가 잠들어 있다

살아생전 그는 가문의 문장을 높이 들고
늘 반짝반짝 빛나게 신경 썼을 터!
그는 지금 알고 있을까?
늙은 여자들이 때 묻은 슬리퍼를 신고
그 위에서 절뚝이는 것을!

고향의 노래

들판에서 들려오는 엄숙한 노랫소리
내가 왜 이러는지 나도 모르겠구나
"체코 소녀여, 이리 와
나를 위해 고향의 노래를 불러주렴"

소녀는 일하던 낫 내려놓고
쏜살같이 내게로 달려와
밭둑에 앉아 노래한다
"내 고향 어디쯤일까…"

이제 소녀는 노래를 멈추고
눈물 가득한 눈으로 나를 본다ㅡ
내 구리 동전을 받아들고
그 소녀 말없이 내 손에 입을 맞춘다

Rilke

Anbei ein Manuscript: (8 Blätter)

Bücher einer Liebenden.

콘스탄츠

낮은 죽음의 고통으로 아파하며
힘겹게 황금빛 술잔으로
산 위 눈밭에 포도주를 붓는다

호숫가 버드나무 위, 높은 하늘엔
별 하나가 겁먹은 노루처럼 수줍게 떠 있고
파르르 떠는 예쁜 잔물결이
저녁 호수에 무늬를 만들어낸다

4부

장미여, 오 순수한 모순이여

시인

너 시간이여, 너는 내게서 멀어져 가는구나
너의 날갯짓이 내게 상처를 입힌다
다만, 내 입으로 나는 무엇을 해야 할까?
나의 밤으로는? 나의 낮으로는?

나는 연인도 없고 집도 없고
머무를 작은 자리도 없다
내가 애정을 쏟은 모든 것들은
풍요롭게 나를 마구 쓰고 내버린다

시인

이별

이별이 뭔지 나는 겪었고, 지금도 잘 알고 있다
극복되지 않는 어둡고 잔인한 그것
이별은 아름답게 포장된 것을 잠시 보여준 뒤
갈기갈기 찢어버린다

나는 그저 지켜볼 수밖에 없다
그것은 내 이름을 부르고, 떠나보내고,
뒤에 남겨진다, 모든 여인들처럼…
그것은 그저 작고 하얀 손짓일 뿐이다

이제는 나와 아무 상관 없는
이제는 알아보기도 어려운
가만히 계속되는 손짓,
어쩌면 뻐꾸기가 앉았다 급히 날아가 버린
자두나무가 아닐는지

죽음의 체험

우리는 아무것도 모른다
우리가 동참하지 않은 이 떠남에 대해—
가면의 입이 서글픈 비탄의 소리로
이상하게 비틀어 놓은 죽음에
경외와 사랑, 증오를 보낼 이유도 없다

세상은 아직도 우리가 해야 할 역할들로 가득하다
우리의 연기가 관객의 마음에 들도록 애쓰는 한
죽음도 제 역할을 해낼 것이다
비록 그것이 우리 맘에는 들지 않더라도

하지만 그대가 떠났을 때
그 무대 위로, 그대가 빠져나간 그 틈새로
한 가닥 진실이 비쳐들었다
더 진짜 같은 녹음, 햇빛, 더 진짜 같은 숲

두려워하며 어렵게 외운 것을 읊으며
이런저런 몸짓을 하며 우리는 계속 연기한다
하지만 우리에게서 멀어진, 우리의 연극에서 사라진 그대가
가끔 우리를 덮쳐온다

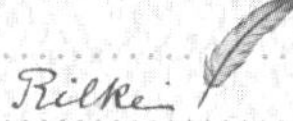

저편의 진실을 이쪽에 알려주려는 듯이
그러면 우리는 잠시 마음을 빼앗긴 채
갈채 따위는 생각지 않고 삶을 연기한다

청수국

팔레트에 말라붙은 초록 물감 같은
마르고 투박하고 거친 이파리들
제 몸에 파랑을 담지 않고 산형 꽃차례 뒤편에서
그저 멀리서 반사만 할 뿐입니다

울다 지친 듯, 다시 파랑을 잃어버리려는 듯
그저 흐릿하게 파랑을 반사하고
그 속에 오래된 파란 편지지처럼
노랑과 보라가, 잿빛이 번져 있습니다

어린아이의 앞치마에 묻은 얼룩처럼 빛바래고
더는 아무 일도 생기지 않을 것 같은 색
작은 생의 짧음을 이렇게 느낄 수 있을까

그러나 문득 꽃차례 중 하나에서
파랑이 다시 살아나듯 피어납니다
감동적인 파랑이 초록 앞에서 기뻐합니다

청수국

여름비 내리기 전

한순간 공원의 모든 초록이
뭔지 모를 무언가를 빼앗기고
그 기운이 창가로 더 가까이 다가와
조용히 머무는 것이 느껴집니다

비를 알리는 물떼새 울음이 수풀에서
절박하고 세차게 울립니다
문득 히에로니무스가 생각납니다
그 하나의 목소리에서 고독과 열망이
이렇게나 강하게 솟구칩니다

그 목소리, 쏟아지는 비의 응답을 듣게 되겠지요
큰 방의 벽들은 우리 말을 들으면 안 되는 양
걸려 있는 그림과 함께 멀리 물러나 있습니다

그때 오후의 빛을
바랜 벽지가 반사합니다
어릴 적 막연히 두려워했던
그 오후의 빛을

아버지의 젊은 날의 초상

눈에는 꿈이 가득하다
이마는 멀리 있는 무언가와 교신하는 듯하다
입가에는 가득한 젊음과 가두어둔 웃음이 있고
장식으로 단단히 여민
날씬하게 잘 빠진 고상한 제복과 칼집의 손잡이,
초조한 기색 하나 없이 무언가를
조용히 기다리는 두 손이 있다
그리고 이제는 멀리 있는 무언가를 잡으려다 치워버린 듯
그 두 손 보이지 않는다
그러고 나면 다른 모든 것도 서로 뒤얽히고
알아보지 못할 정도로 가려지고 지워진다
초상의 깊은 심연에 잠겨 흐릿해진다

천천히 사라져가는 나의 두 손에서
빠르게 사라져가는 너 금속판 초상이여

Rilke

1906년의 자화상

둥그런 눈썹에 굳게 새겨진
오래된 귀족 혈통
눈빛에 남은 어린 시절의 두려움과 우울함
그리고 여기저기에 깃든 겸손
그것은 하인의 복종이 아니라
섬기는 자와 여인의 순종이다
크고 또렷한 입
설득하려 들기보다 바른 것을 말하는 입
악의 없고 조용한 관조의 그늘 속에 머무는 이마

이것이 한 사람과 연관되었다고 바로 믿기는 어렵다
고뇌할 때도 성공할 때도
남김없이 스며들어 합쳐진 적이 없으니
하지만 멀리 흩어진 것들을 모아
진지함과 진실함을 계획해 놓은 듯하다

크레타섬의 아르테미스

작은 언덕에 부는 바람이여
그녀의 이마가 환히 빛나는 것 같지 않았나요?
날쌘 짐승들의 머리를 쓸어넘기는 바람이여
그대가 그녀를 만들었나요?

변덕스러운 예감으로 아직 깨지 않은 젖가슴에 맞춰
그녀의 옷을 만들었나요?
그러는 동안 그녀는 이미 모든 것을 알고 있는 듯
냉정하게 먼 곳을 보며 옷을 단단히 여밉니다

탄탄한 허리띠 높게 질끈 동여매고
활을 시험하며
님프들과 개들을 데리고 돌진합니다

그러다 아주 가끔
낯선 마을에서 들려오는 출산의 절규에도
마지못해 달려갑니다

Rilke

사랑하는 여인의 죽음

그는 죽음에 대해 남들이 아는 만큼만 알았다
죽음이 우리를 잡아 침묵 속으로 몰아넣는다고
그러나 그녀가 그에게서 완전히 멀어지지 않고
그저 그의 눈에서 살그머니 벗어나

미지의 그림자 속으로 미끄러져 갔을 때
그녀가 저편 나라에서
달님처럼 앳된 미소로
평소처럼 상냥하게 지낸다고 느껴졌을 때

그때부터 죽은 이들이 친근하게 느껴졌고
그녀를 통해 이제는 죽은 이들 모두와
가까운 친척이라도 된 것 같았다

남들이 무슨 말을 하든 그는 믿지 않았고
저편 나라를 좋은 나라, 달콤한 나라라고 불렀다
그리고 그녀의 발을 찾아 그곳을 더듬어 보았다

Rilke

연금술사

실험실 조수가 야릇한 미소를 지으며
얌전히 연기를 내뿜는 플라스크를 앞으로 밀었다
더없이 고상한 물건이 그 안에서 생기게 하려면
뭐가 더 필요한지 그는 알아냈다

수천 년의 시간과
부글부글 끓는 플라스크가 필요했다
머릿속에는 별들이
의식 속에는 적어도 바다가 필요했다

그는 간절히 원했던 그 엄청난 것을
같은 날 밤에 떠나보냈다
그것은 신의 품으로, 옛 크기로 돌아갔다

그러나 그는 주정뱅이처럼 중얼거리며
비밀 서랍 위에 누워
금덩이를 열렬히 갈망했다

연금술사

아담

성당 가파른 오르막길,
장미꽃 그려진 창가에
그는 놀란 표정으로 서 있다

그를 무너뜨릴 만큼 단숨에 자라난
신격화에 겁먹은 듯이
그러나 이내 그는 자신의 영속을 기뻐하며
거기 우뚝 선다, 단단한 결의와 함께

모든 것이 완성된 에덴에서
새로운 땅으로 나가는 길을 찾았으나
출구를 찾지 못했던 농부의 모습으로

신을 설득하기는 어려웠다
신은 승낙 대신 죽음을 경고하며 겁박했다
그러나 인간은 살아남았고 계속 번창하리라

이브

성당 가파른 오르막길 장미꽃 그려진 창가에
사과를 손에 든 자세로 그녀는 서 있다
자기가 낳은 번창하는 존재들 곁에 영원히 있기 위해,
무고한 죄인의 모습으로

영겁의 굴레에서 기꺼이 벗어나
어린 해처럼 땅으로 나가
제 뜻을 이루려 한 뒤로 줄곧

아, 예전의 그 동산에서
동물들의 조화와 통찰에 감탄하며
조금 더 머물고 싶은 생각이 간절했으리라

그러나 남편의 결심이 굳은 것을 알고
그와 함께 죽음을 향해 나아갔다
그리고 신의 존재를 아직 알지 못했다

이브

정신병자들

그들은 아무 말도 하지 않았다
감각을 가로막았던 벽이 허물어졌기 때문이다
사람들에게 이해받을 수 있는 시간은
왔다가 다시 가버린다

밤에 종종 창가에 서면
갑자기 모든 것이 괜찮아진다
그들의 손은 구체적인 것을 만지고
그들의 마음은 드높아 기도할 수도 있고
그들의 눈동자는 차분히 응시한다

적막한 사각의 공간 안에서 뜻밖에 마주한,
종종 모양새가 일그러지고
낯선 세계를 반사하며 점점 커지는,
절대 길을 잃지 않는 그 정원을 응시한다

거지들

그 무더기가 무엇인지 너는 알지 못했다
한 이방인이 거기서 거지를 발견했다
그들은 빈손을 팔고 있다

그곳을 찾은 방문객에게
그들은 오물로 가득 찬 입을 보여준다
그리고 (그럴 여유가 있는) 방문객은 보게 되리라
문둥병이 그들의 살을 파먹는 것을

곪아서 흐릿해진 그들의 눈 속에서
방문객의 낯선 얼굴이 녹아 없어진다
그러면 그들은 그의 타락을 놀리며
그가 말할 때마다 침을 뱉는다

거지들

맹인
-파리에서

보라, 그가 걸어간다
새하얀 찻잔에 생긴 까만 금처럼
자신이 지나는 어두운 자리만큼
환한 도시를 가르며

빈 종이 같은 그의 얼굴에는
온갖 사물들의 반영이 휘갈겨져 있지만
그는 그것을 받아들이지 않는다
오직 그의 촉각만이 생동한다
작은 파장 안에서 세계를 감지하려는 듯이

고요를, 그리고 저항을—
그러다 기다리던 누군가를 고르듯
간절하게 손을 내민다
청혼하듯 엄숙하게

표범
-파리 식물원에서

지나쳐 가는 창살들에 지친 그의 눈은
이제 아무것도 또렷이 볼 수가 없다
마치 수천의 창살이 그의 앞에 있고
그 너머에는 아무것도 없는 것 같다

사뿐하고도 늠름한, 부드러운 걸음새는
더없이 작은 원을 그리고
거대한 의지가 마비되어 서 있는 중심을 따라
주변을 도는 힘의 무도 같다

다만 때때로 눈동자의 장막이 소리 없이 걷히면
형상 하나 그리로 들어가
사지의 긴장된 정적을 지나
심장에서 사라진다

성 세바스티안

누워 있는 것처럼 거기 서 있다
오로지 위대한 의지에 온몸을 내맡긴 채
젖을 먹이는 어미처럼 구석으로 물러나
화환처럼 자기 안에 묶인 채

지금 또 무수한 화살이 날아온다
마치 그의 옆구리에서 발사되는 것처럼
사방으로 향하는 화살 끝이 쇳소리로 떤다
그러나 그는 상하지 않고 고요하게 미소 짓는다

단 한 번 그의 슬픔이 커지고
두 눈이 고통스럽게 일그러진다
마침내 그 두 눈은 그것을 하찮은 것인 양 부인하고
아름다운 것들을 파괴하는 자들을
경멸하듯 놓아버린다

천사

이마를 살짝 기울여
자기를 제한하고 얽매는 것을 멀리 쫓아낸다
영원히 다가오는 존재가 그의 가슴속에서
우뚝 솟아 맴돌기 때문이다

깊은 하늘이 형상들로 가득하고
그 하나하나가 그에게 외친다
오라, 보라—
그의 가벼운 두 손에
너의 어떤 짐도 맡기지 말라
맡기는 순간 그들이 밤에 너를 찾아오리라

힘을 겨루며 너를 시험하고
성난 사람처럼 집 안을 누비며
마치 너를 다시 만들기라도 할 것처럼
너의 틀에서 너를 끄집어내리라

백조

미처 끝내지 못한 일들 사이로
묶인 듯 무거운 걸음을 옮기는 이 고역은
마치 백조의 뒤뚱거리는 걸음을 닮았습니다

그리고 죽음은,
우리가 날마다 딛고 서 있는 이 땅을
더는 밟을 수 없게 되는 것은
물 위로 불안하게 착지하는 백조의 앉음새를 닮았습니다

물은 백조를 포근히 받아 안고
행복했으나 덧없던 시간이 찰랑찰랑 흘러갑니다
이제 백조는 조용하고 당당하게
더 성숙하고 위엄 있게
유유히 헤엄치며 앞으로 나아갑니다

바다의 노래
-카프리 피콜라 해변에서

바다에서 불어오는 태고의 바람이여
밤에 부는 바닷바람이여
너는 누군가를 향해 불어오는 게 아니구나
누구든 이 밤에 깨어 있는 사람은
어떻게든 너를 견뎌내야 하리
바다에서 불어오는 태고의 바람이여
너는 오로지 태고의 바위를 향해
저 멀리서 허공을 가르며 불어올 뿐이지

아, 저 높이 달빛 속에서
싹을 틔우는 무화과나무는
너를 어떻게 느낄까

침대

그곳의 고뇌가
개인의 비탄 속에서 해소된다고
그들이 믿도록 내버려두어라
그 어디도 아닌 바로 그곳에 극장이 있으니
거대한 막을 높이 올려라

그러면 밤들의 합창단이
끝없이 이어지는 노래를 부르기 시작하고
그곳에 함께 누워 옷을 찢고 비탄하던 시간이
스스로를 고발하며 무대에 오르리라

저 뒤편에서 몸부림치는 다른 시간은
그녀를 잠재울 수 없었기에
그들을 대신하여 이 시간이 무대에 오르리라
그러나 그 낯선 시간을 향해

그녀가 몸을 기울였을 때 그 위에는
언젠가 연인에게서 찾았던 그것이 놓여 있었다
위협적이고도 거대하게, 마치 짐승처럼
결합했다 멀어진 채로

자장가

언젠가 내가 너를 잃는다면,
보리수 우듬지처럼 네 머리 위에서
나직이 속삭이는 내가 없어도
너는 잠들 수 있을까?

여기 이렇게 잠들지 않고 깨어서
네 가슴 위에, 팔다리 위에 그리고 입술 위에
눈꺼풀처럼 살포시 이야기를 내려놓는 내가 없어도
너는 잠들 수 있을까?

너를 꼭 안아주지 않고
레몬밤과 팔각이 무성한 정원처럼
너를 가만히 홀로 두어도
너는 잠들 수 있을까?

고독한 사람

아니, 내 가슴에 탑이 하나 솟아야 한다
나 자신은 가장자리로 밀려나야 하리라
아무것도 없는 그곳엔
다시 한번 고통과 이루 말할 수 없는 것,
또 한 번의 세상이 오리라

점점 어두워지다가 다시 밝아지는
홀로 돋보이는 사물 하나
절대 진정될 수 없는 곳으로 추방된
갈망하는 마지막 얼굴 하나

자기 안의 무게를 받아들이는
돌로 형상한 최후의 얼굴
광활함이 그 얼굴을 조용히 파괴하며
더욱더 기뻐하라 강요한다

촘촘히 별을 뿌려놓은

촘촘히 별을 뿌려놓은 하늘이
우리의 근심 위에서 한껏 뽐을 낸다
베개 속이 아니라 하늘을 향해 울어라
여기, 울고 있는 얼굴은 물론이고
마음을 가다듬으며 울음을 그친 얼굴에서
황홀한 우주가 시작된다
그대가 그곳으로 향할 때
누가 그 흐름을 막으랴
그대에게 밀려오는 저 별들의 힘찬 흐름에
그대가 돌연 맞서려고 할 때 말고는 없으리라
호흡하라, 대지의 어둠을 들이마시고 다시 올려다보라!
다시 얼굴 없는 가벼운 심연이 저 위에서 그대에게 기대리라
밤을 품은 옅어진 얼굴이 그대의 얼굴을 받아주리라

촘촘히 별을 뿌려놓은

Rilke

눈물이여

눈물이여, 나를 뚫고 나오는 눈물이여
나의 죽음이여, 검은 존재여, 내 심장의 주인이여
눈물이 흘러나오게 나를 더 기울여다오
나는 말을 하고 싶다

내 심장을 움켜쥔 검고 거대한 존재여
그대는 내가 말을 하면
침묵이 깨진다고 생각하는가

친구여, 나를 잠재워 다오

떠밀려가는 존재들

우리는 떠밀려가는 존재들이다
그러나 영원히 머무는 존재들 속에서
시간의 발걸음을 하찮게 여겨야 하리니

서두르는 모든 것은
머지않아 끝나리라
머무는 것만이 우리를 정화하기 때문이다

소년들아, 오 너희의 용기를
속도 속에 허비하지 말아라
비행 실험에 허비하지 말아라

모든 것이 쉬고 있다,
어둠도 빛도
꽃도 책도

vollkommener Hochachtung

Rilke

vollkommener Hochachtung

grüßt Sie bestens:

Sehr geehrter Herr,

눈물 항아리

외벽에 둘러싸인 둥글고 빈 뱃속에
어떤 것은 포도주를, 어떤 것은 기름을 담는다
그러나 더 작고 가장 홀쭉한 나는
다른 것을 담기 위해, 흐르는 눈물을 위해 속을 비운다

항아리 속에서 포도주는 익고, 기름은 맑아진다
눈물은 어떻게 될까— 눈물은 나를 무겁게 하고
눈멀게 하고, 굴곡을 희미하게 지우고
급기야 금이 가게 하여 속을 비워버린다

아 대지여

아 대지여
눈물 항아리를 만들 순수한 진흙을 내게 다오
나란 존재여
삼켰던 눈물을 쏟아내어라

억눌렀던 것을
잘 빚은 항아리에 풀어놓아라
어디에도 존재하지 않는 것, 그것만이 악이다
존재하는 모든 것은 마땅하다

장미여, 오 순수한 모순이여[*]

장미여, 오 순수한 모순이여
그 많은 눈꺼풀 아래에서 누구의 잠도 되지 않겠다는 갈망이여

[*] 릴케가 묘비명으로 써달라고 유언한 시구다.

한 줄기 종소리가 하늘의 부름처럼
은은하게 초원 위로 쏟아져 내렸다
속삭임 가득한 자작나무 위
나는 살그머니 올려다보았다
밤이 첫 별들을 불러내어
창백한 푸른빛으로 빛나게 하는 것을

—릴케, 〈고요한 집에〉 중에서

라이너 마리아 릴케_ Rainer Maria Rilke

20세기 독일어권 문학에서 가장 위대한 서정시인으로 꼽히는 작가로, 《두이노의 비가》, 《말테의 수기》 등 문학사에 남을 걸작을 내놓았다. 1875년 체코의 프라하에서 태어났다. 본명은 르네 카를 빌헬름 요한 요제프 마리아 릴케다. 열한 살에 육군유년학교에 들어가지만 적응하지 못하고 자퇴한 뒤, 1895년 프라하대학에 입학했다가 1896년 뮌헨으로 대학을 옮기는데, 뮌헨에서 운명의 여인 '루 살로메'를 만나 사랑에 빠지고 평생 시인으로 살겠다고 결심한다. 살로메의 권유로 르네를 독일식 이름인 라이너로 바꿔 필명으로 사용하기 시작했다.

1901년 로댕의 제자였던 조각가 클라라 베스트호프와 결혼한 뒤 그 자신도 로댕을 만나 예술적으로 깊은 영향을 받았고, 로댕의 비서로 일하기도 했다. 클라라와 헤어진 뒤 로마에 머무르며 근대인의 소외와 고뇌를 깊이 있게 다룬 걸작 《말테의 수기》를 완성했다. 사람과 사물, 풍경의 내면을 응시하고 그 본질을 언어로 이끌어내기 위해 노력했다.

1차 세계대전이 끝나고 스위스의 뮈조트 성에 머무르는 동안 릴케는 마침내 수년 동안 끌어왔던 대작들을 완성했다. 1922년 《두이노의 비가》와 《오르페우스에게 바치는 소네트》를 연달아 발표하며 시인으로서의 정점을 찍었다. 삶과 죽음의 합일, 지상 존재의 시적 변용이라는 릴케의 철학이 집대성된 작품으로, 20세기 문학사에 깊은 족적을 남겼다. 섬세하고도 치열했던 그의 언어는 오늘날까지도 전 세계 독자들의 영혼을 울리고 있다. 1926년 백혈병으로 스위스 발몽 요양소에서 생을 마감했다.

배명자 옮김

서강대학교 영문학과를 졸업하고 출판사에서 편집자로 8년간 근무했다. 이후 대안교육에 관심을 가져 독일 뉘른베르크 발도르프 사범학교에서 유학했다. 현재 바른번역에서 번역가로 활동 중이다. 《밤의 사색》 《아비투스》 《어두울 때에야 보이는 것들이 있습니다》 《불확실성의 시대》 등 80여 권의 책을 우리말로 옮겼다.

쓰는 기쁨
릴케 시 필사집

장미여, 오 순수한 모순이여

초판 1쇄 인쇄 2026년 4월 3일
초판 1쇄 발행 2026년 4월 10일

지은이 | 라이너 마리아 릴케
옮긴이 | 배명자
펴낸이 | 한순 이희섭
펴낸곳 | (주)도서출판 나무생각
편집 | 양미애 백모란
디자인 | O-H-! 박민선
마케팅 | 이재석
출판등록 | 1999년 8월 19일 제1999-000112호
주소 | 서울특별시 마포구 월드컵로 70-4(서교동) 1F
전화 | 02)334-3339, 3308, 3361
팩스 | 02)334-3318
이메일 | book@namubook.co.kr
홈페이지 | www.namubook.co.kr
블로그 | blog.naver.com/tree3339

ISBN 979-11-6218-393-9   03850